MY DEPRESSION

南海出版公司

新经典文化股份有限公司
www.readinglife.com
出　品

我的抑郁症

MY
DEPRESSION

献给
洛伦·斯基斯特医生
和朱莉·斯佩恩医生，
我深爱的旅途向导

并献给罗兹，
因为……

特别勋章献给

埃米·格罗斯、夏洛特·希迪、凯利·诺塔拉斯和鲍伯·米勒，

他们都是墨水军中的伟大战士。

献给林肯，是他教我作画。

我的生活多么棒！

（还真的赚到了钱……）

我有两只巨大的
巧克力色贵宾犬……
（和一只极小的白色比熊犬）

值得敬重的同仁

忠诚可爱的朋友和情人

以及一班我喜爱的
天才学生和演员

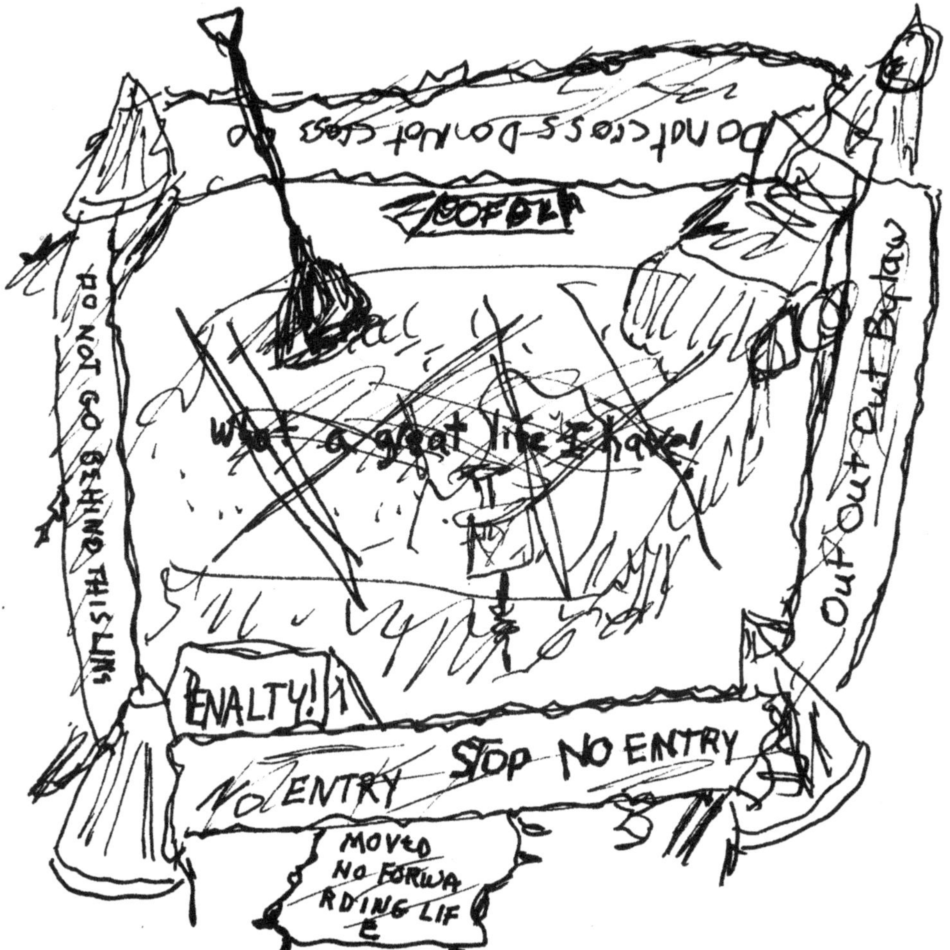

但这所有的一切都一笔勾销，

当我陷入抑郁症。

我一生数次走进抑郁症又数次走出

十几岁　二十几岁　三十几岁　　以及将来……

我不时就感觉到：有两个我。

这并非一份安慰，
但我知道，远不止我一个，
很多人都在这洞底呼救。

以下几样东西都能让我的情况盘旋坠落……

陷入季节性的变幻

被拒绝或羞辱

世界压在身上

失去家人或朋友

但有时也
似乎没有
任何理由。

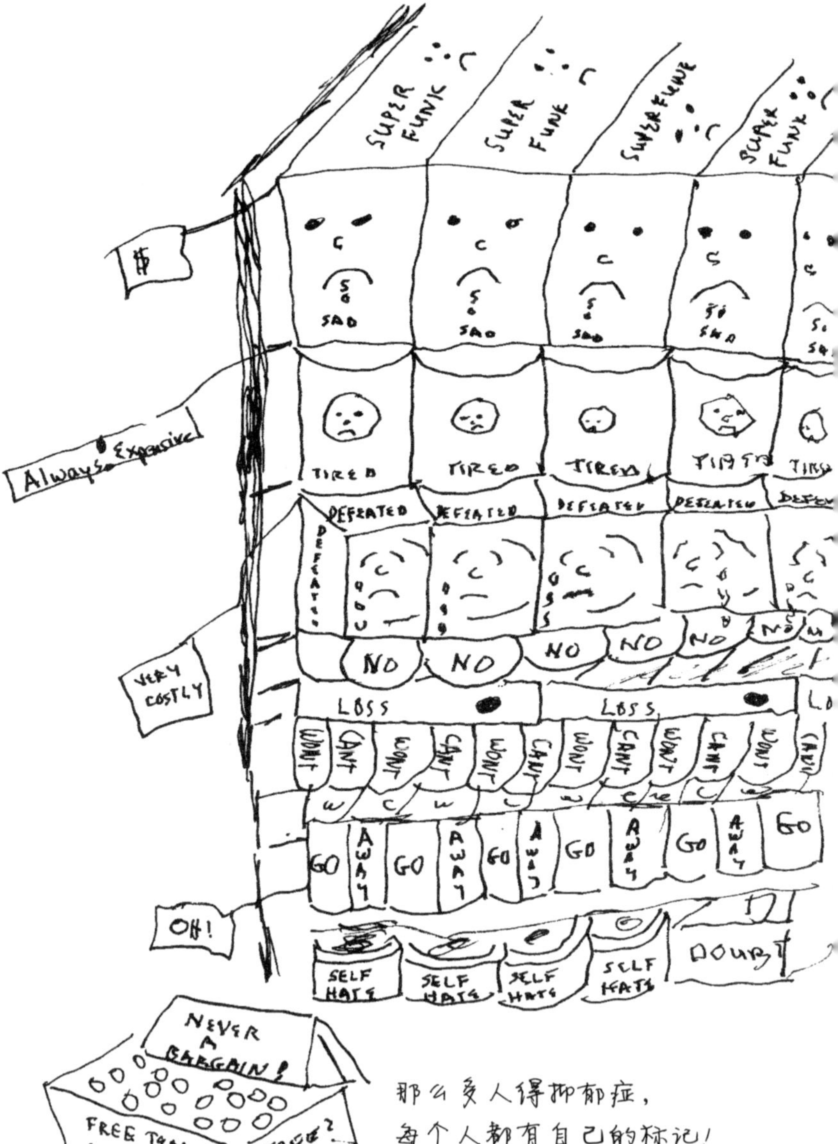

那么多人得抑郁症，
每个人都有自己的标记！

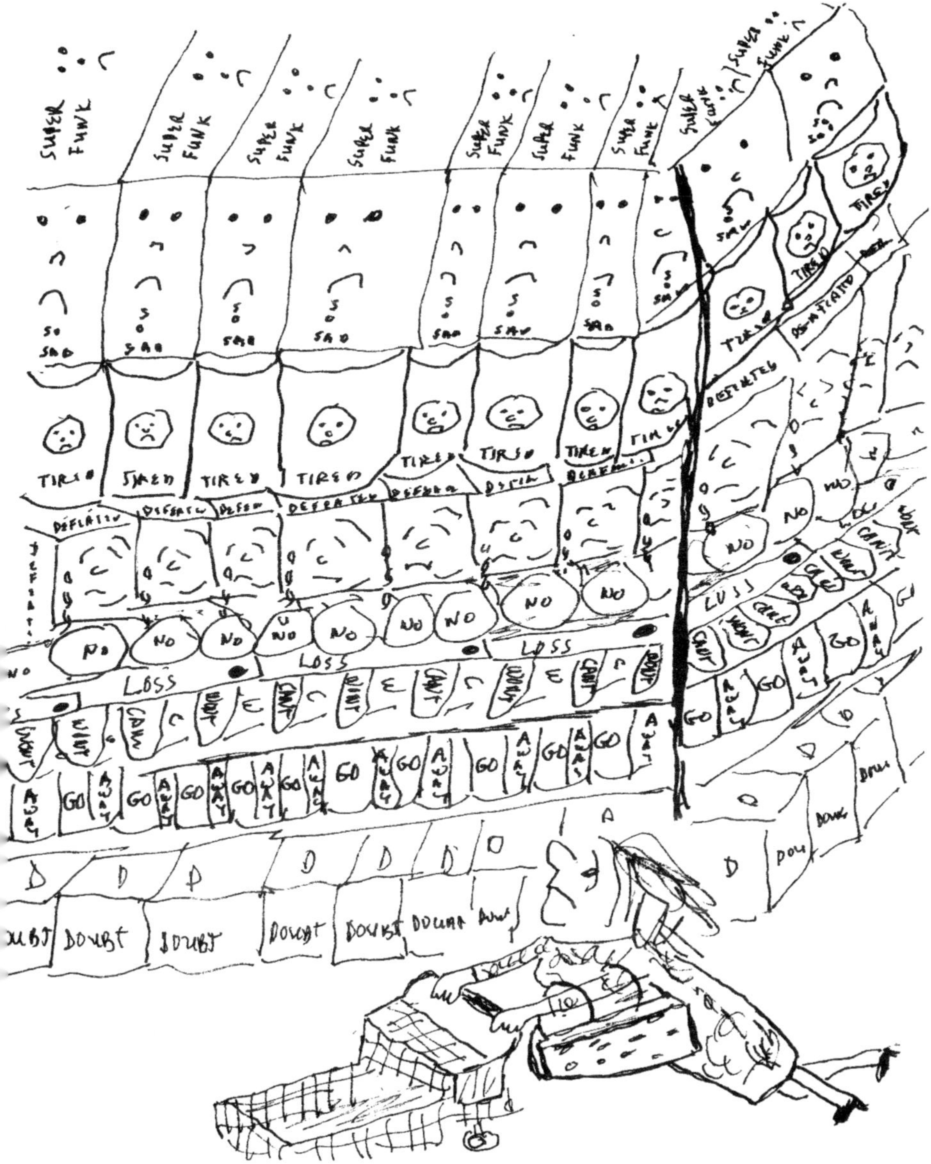
SUPER FUNK
SO SAD
TIRED
DEFEATED
NO
LOSS
WANT
CAN'T
GO
AWAY
D
DOUBT

但我还是最了解我自己的那个。

我的抑郁症起始于一朵小小的云，
它就在我的眼角边。

我仅仅感觉到它在那儿。

伴随云而来的是一阵嗡嘤与呜咽——
突然之间，我只能写悲伤的歌曲。

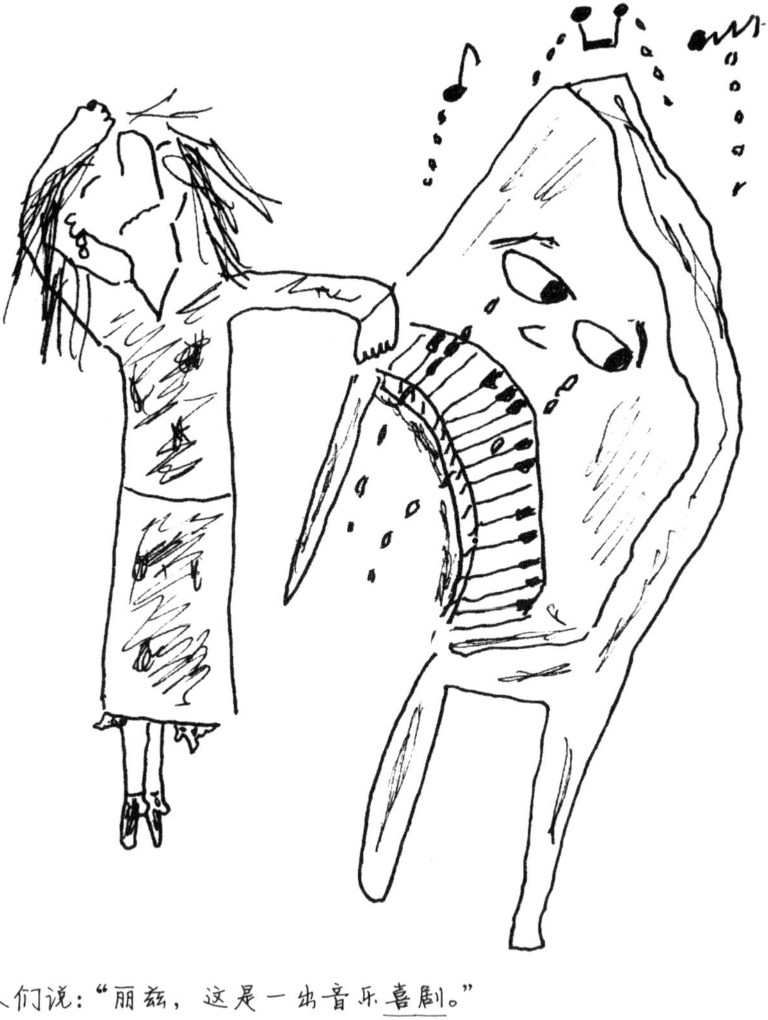

人们说："丽兹，这是一出音乐喜剧。"
但我心中唯有哀伤的歌。

那一片云越来越大，越来越灰暗，

嗡嘤声越来越响。

现在，我的音乐不再动听。

我写的文字淡而无味，
荒诞不经，晦涩难懂。

我开始泄气。

我开始听到每一个吹毛求疵者的每一句反对意见，
专业或非专业的，口头或书面的。

并非一字不差，但大意如此，叫人心寒。

我对所有的好东西都瞎了眼。

我很刺儿，一触即发。
越是我爱的人
越要向他们恶毒挑衅。

我将自我憎恶转移到他人身上。

我告诉一个朋友，她的新妆容使她看上去就像个扮作日本艺伎的易装皇后。

我故意放我编辑的鸽子，因为我觉得他的蝶形领结看上去很自负。

我对一个歌手说，她的歌声就像服了海洛因的艾塞尔·摩曼。

我取消课程，因为“反正他们也不愿意学习任何东西”。

我对我的一条狗说：自己弄东西吃去！

小恶累积……

我避开朋友们，
托辞我如何成功，
如何繁忙。

事实上，想到工作我就感到害怕。

怎么出得了门，我变得又老，又肥，又丑！

我觉得自己是社会的弃儿，
某种黏糊糊、有鳞的东西在我体内生长，
我是一部20世纪50年代的B级恐怖片！

当我陷入抑郁，

世上的一切都在阴谋和我过不去，

我无法把任何事做

~~对~~ ~~对~~ ~~双~~

对！

我滚下楼梯。

账户透支。

拨错电话
（一连三次）。

钱从口袋里
漏出来。

我找不到眼镜。

想不起别人的名字。

忘记了工作。

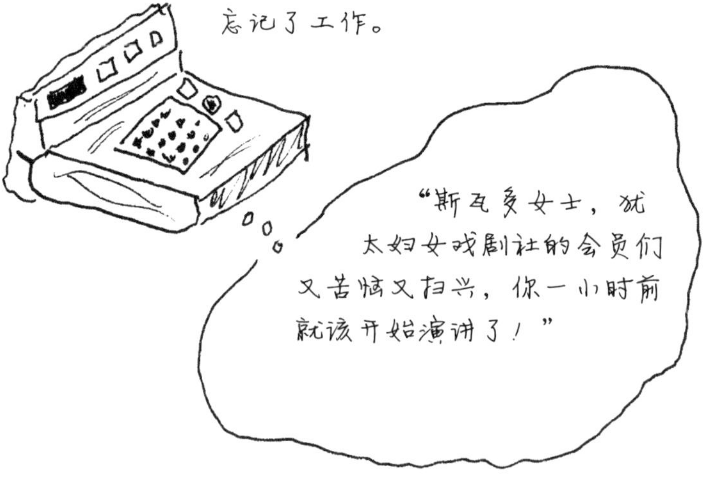

我开始漫天扯谎……编造各种惨状。

而我的真实生活比谎言更加无味。

我害怕出门，我觉得遇着的人都比我棒。

并非一字不差，但大意如此，叫人心寒。

我被这一塌糊涂的生活埋葬。

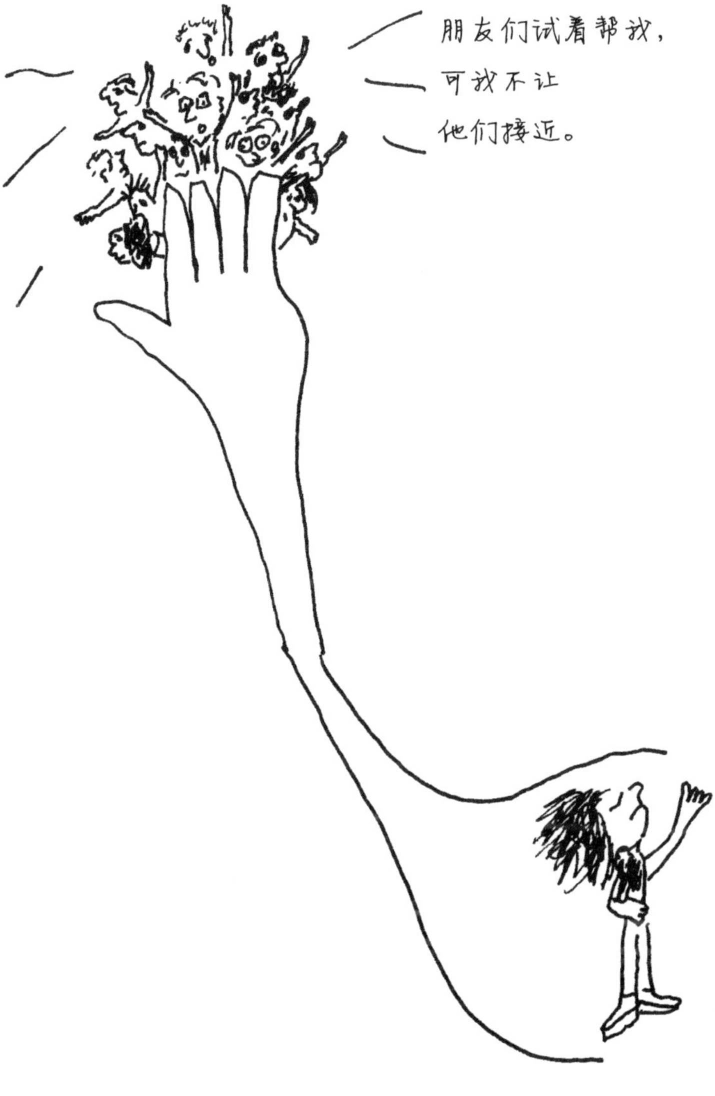

我总是拒绝，还常常羞辱他们。

我担心人们发现我的抑郁症，从而小看我。

拿出点勇气，振作起来！
别老想着自己。没人窃取你的领地，也没人把你当奴隶。
参加个活动。去海地旅游。领养个宝宝！
你是白人，能了解什么是沮丧和压抑？
我可从不自甘堕落。
培养点爱好，学个跳伞什么的。
有没有一块钱？我必须去做心脏手术。
没人想和僵尸约会。
我年轻那会儿，可没人有时间郁闷。
这是你那个阶层特有的奢侈。
不管你做什么，就是别要孩子。
照顾好身体，烦恼自然消除。
你到底有什么毛病？

说我太娇纵自己……

我感觉到他们的不屑。

小云渐渐胀大。

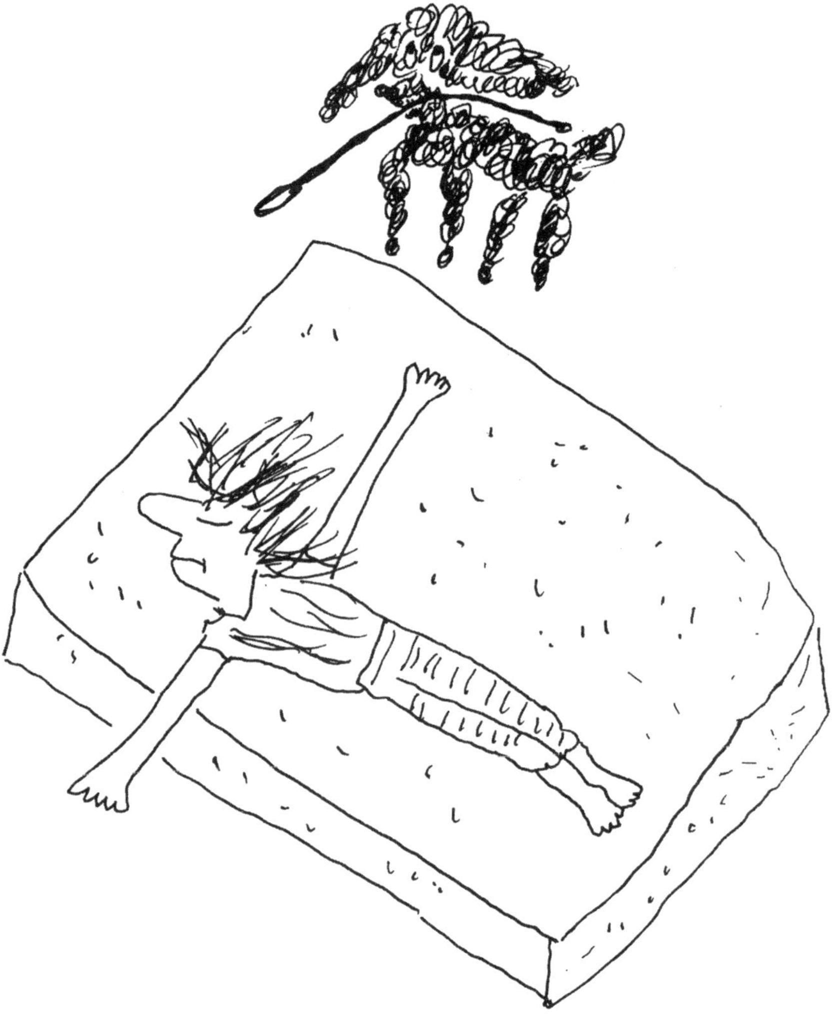

起床变得越来越难。

我对生活没了兴趣。
我无法去打扫房间，
清倒垃圾，甚至洗澡。

我开始抽烟。

想到食物便会作呕。

没有什么事值得一提。

当我陷入抑郁，
没人受得了和我一起生活。

有时我也给自己开方。

但是毫无用处，因为醉也好，醒也罢……

我脑中的法院始终都在开庭。

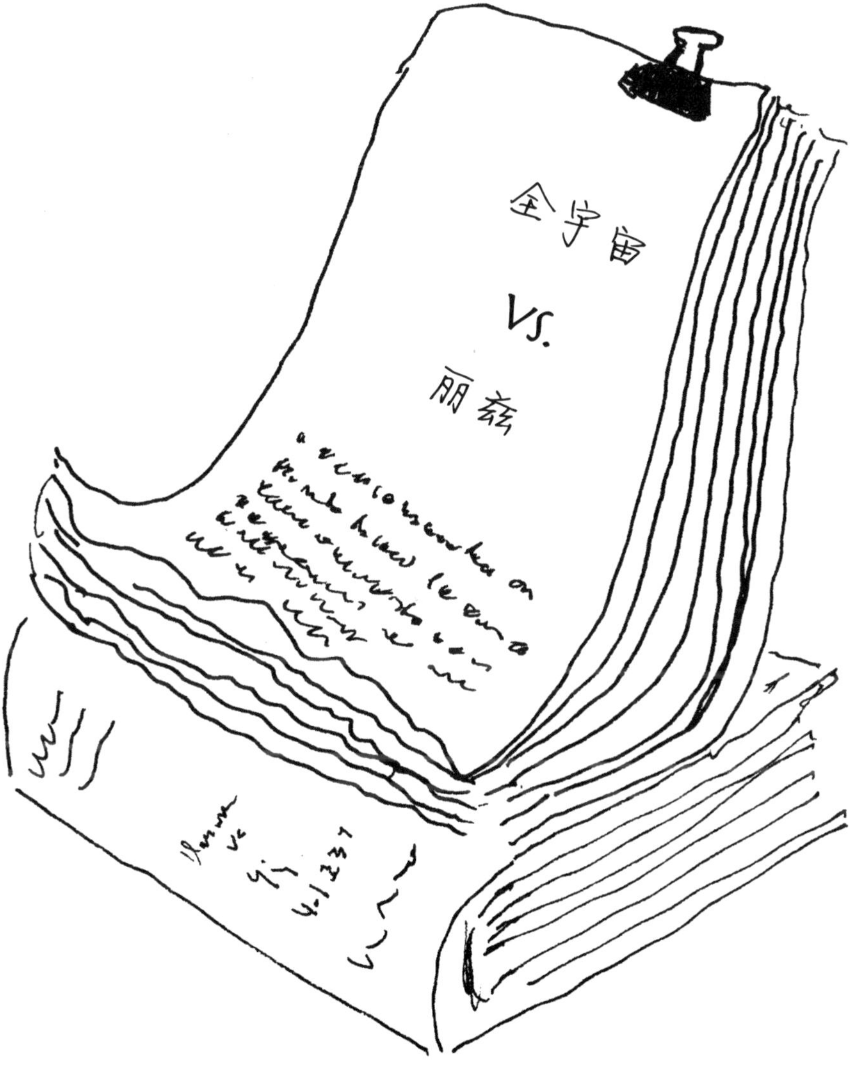

原告方证人

（没人为我辩护）

“没错，我给她做了十五年的清洁工。我今年七十五岁了，她按时付我工钱，却从来没有探望过我。”

清洁女工

读小学时的女友

“我们从幼儿园起就是朋友，做什么事都在一起，可现在她人往高处走，连电话都不回我一个。”

代理人

“她有过七个音乐代理人和五个文学代理人，有些还是同时，她是艺术界首位一妻多夫者。”

学生
“她没有给我的大学寄推荐信，把它弄丢了！”
“我最疼这孩子，愿意为她做任何事。可她从非洲回来，就成天什么都不干，除了学马里王国割礼式上的怪叫，就是在咖啡桌上敲鼓。”
姨妈
表妹
“我们都有两年没见了，她突然打电话来套近乎，就像亲姐妹一样。然后我收到这些来自巴厘岛的破木偶，可我根本没过生日。”

老爸

不！等等！

我老爸被豁免不进此书。

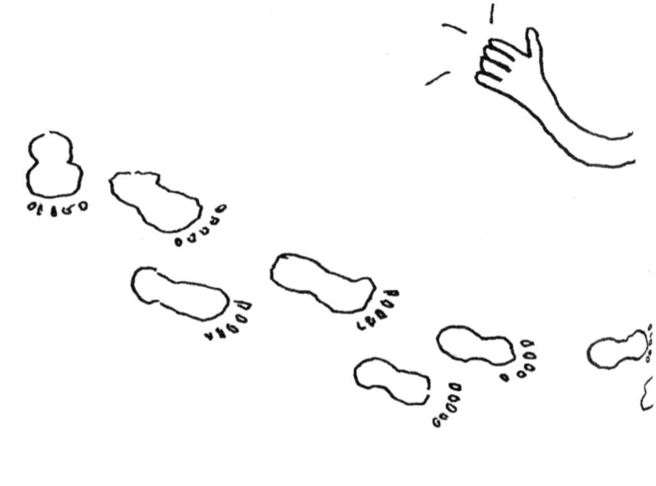

现在是两位明星证人出场。

我的妈妈，自杀了……

“你没能保全我！”

我的兄弟，自杀了……

“你没能保全我！”

好，击中要害。

还有几个证人，

可有可无，不请也罢……

现在，被压抑的症状露出了新的面目，

我的情况一转，变成激越性抑郁症。

刚开始，
我感到恐惧，
然后是愤怒。
我浑身都感到麻木，
可一坐下我就会跳起来，
不是来回走动，
就是不停抽搐，
或是跌倒在地。

糟的是我还自以为能在
这种状态下正常工作。

有一次，
我从自己的每件衣服上剪下一块，
七拼八凑地缝成一件衬衫，
送给我崇拜的一位东欧导演。

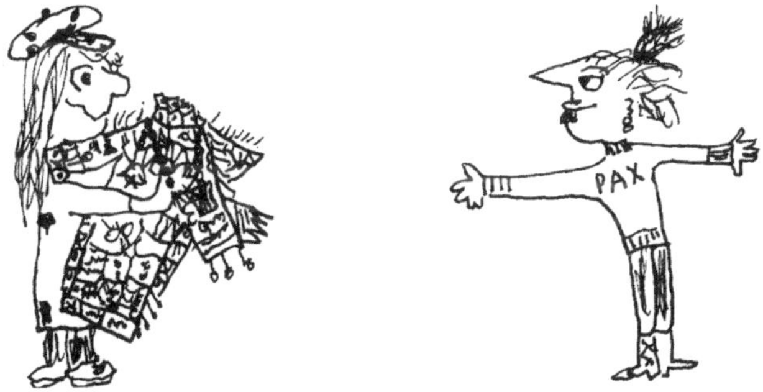

幸好，他和我有一样的毛病，
礼物正合他的心意。

最近我刚写完一部258页的小说，
主角的身份转换依次如下：

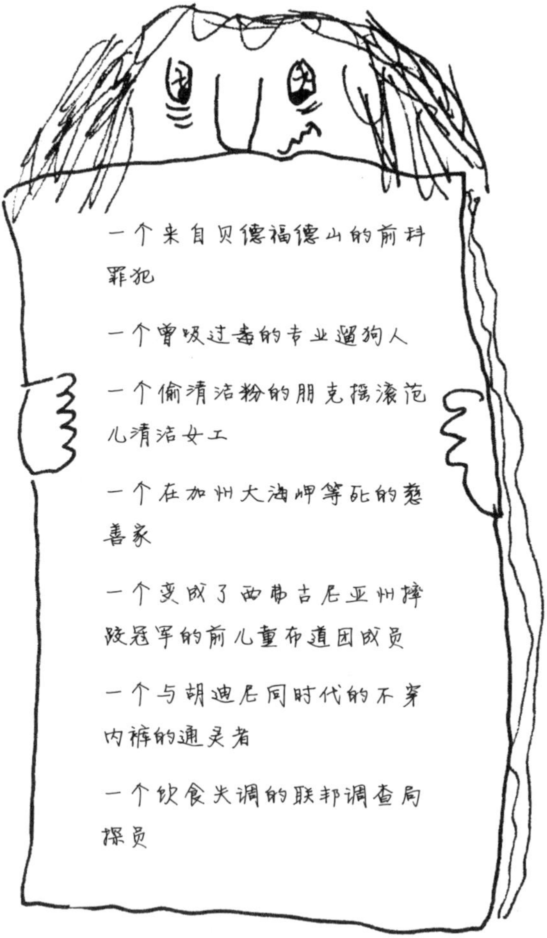

我在8天内写完，
永远不会有人看它。

除了明显的古怪，
我还表现出一种十分基本和正常的
潜在感受……

恐惧！

焦躁使我
感觉自己
就快要四
分五裂。

我时刻担
心，我会
在公共场
所发疯！

我从豪华餐馆
狂奔而出，
因为我突然感
觉不到自己的
前额了。

我会在电影
院里尖叫出
声吗？

朋友们邀请我观看演出，
而我中途开溜。

焦躁转为暴怒。

我狠踢

出租汽车

我丧失了所有的同情心。

情况甚至比以往更糟。

我感到彻底的孤独。

抑郁症就是这样的出其不意、
花样百出，让我精疲力尽。

你想必也是……

然而，
即使在深渊，
也仍会有悦耳
的音调
和欢笑声
穿透进来……

一封傻乎乎的手写的信，
很难让人置之不理……

一把特大的靠椅
和一个高个儿的朋友。

但或迟或早，

抑郁症还是会卷土重来，

全线进逼。

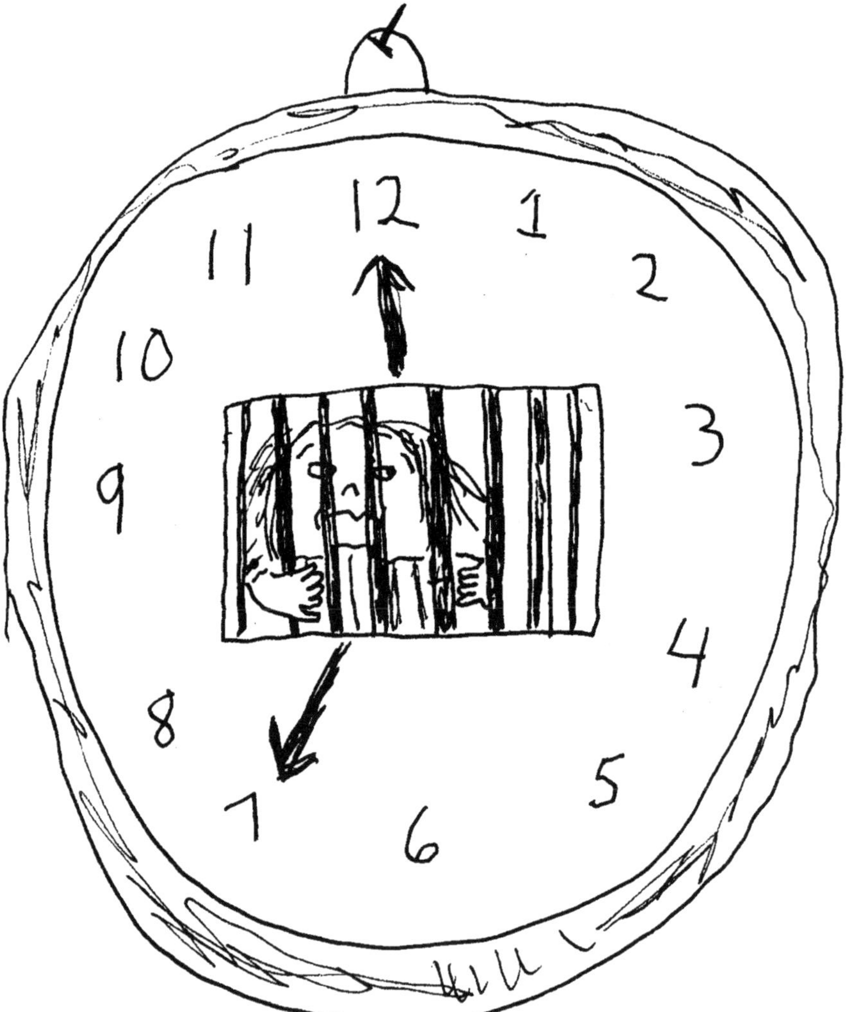

每一刻都像永恒那么漫长。

每一步都像在登山，而且这座山越来越难爬。

不如让我给你记老拳，你才会知道什么叫真正的痛！
看看那些艾滋携带者，他们才是真正需要医学研究和关注的人。
我父亲从拉脱维亚来的时候根本一无所有，他能去看什么精神医生吗？不能！
你就是个有钱的瘾君子。
拜托，多擦点粉底、眼影和唇膏吧！
我们可没有那份奢侈去担心什么精神健康！
GO HOME

人们开始对我说三道四。

有人仍坚持说，

根本不存在心理或者

情绪疾病这回事。

他们通常是那种超级
运动健将，

或秘密的酗酒者，

又或是躲在公文包
后的工作狂，

天生就“运转正
常”的幸运儿，

电视上的
畅销书导
读专家。

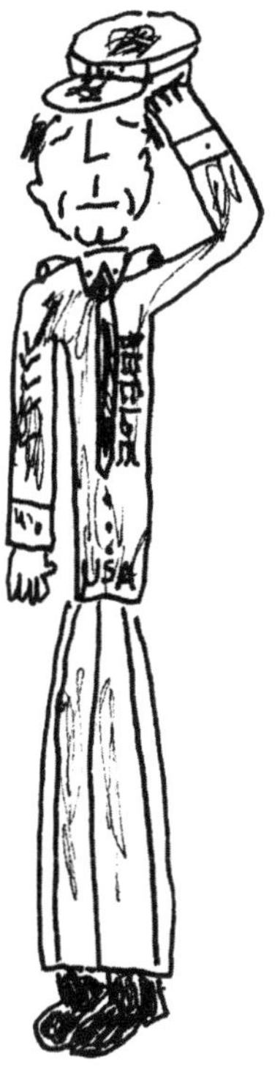

或者是那种军人类型的人，他们相信个人危机乃是性格懦弱的表征；

又或是那些政治人物，他们声称抑郁的情绪是缺乏爱国心的表现。

别被他们骗了……

他们或是说谎，

或是抵赖，

或是不懂装懂……

在黑洞的边缘，
被一片恐惧之云追逐。

我经历过。

在这个地方，你进退维谷。

不时地，
我想到了自杀。

我说过，
我的母亲和兄弟
都选择自杀离开了人世。
一些朋友也是。

自杀是遗传性的吗？
是接触传染的吗？
它那么富有吸引力？

又或者这只是我的家庭一贯解决问题的方式？

他们说，自杀者的孩子也容易自杀。

我会吗？？

当我考虑自杀时，我想起那些名人
和他们的自杀方式。

弗吉尼亚·伍尔夫，
口袋里装着石头走进
一条河。

科特·柯本
用枪射穿了自己的脑袋。

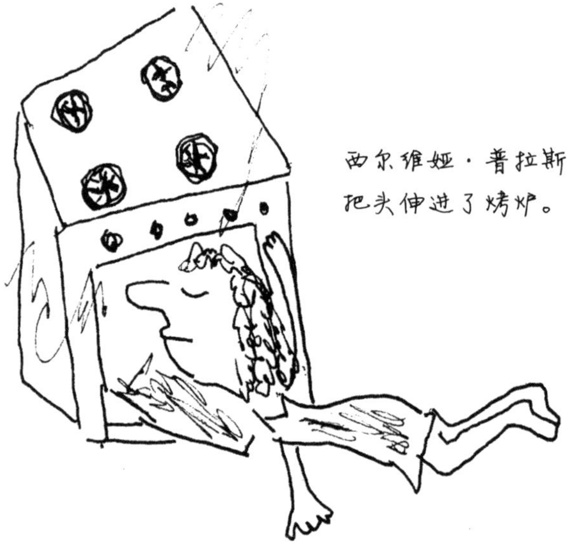

西尔维娅·普拉斯
把头伸进了烤炉。

三島由纪夫
剖腹自杀……

我的单子上有一长列选项。

YES	NO	
□	□	上吊
□	□	酒加安眠药
□	□	挑衅警察迫其开枪
□	□	开车冲下悬崖
□	□	切腕
□	□	割喉
□	□	海洛因过量
□	□	错误搭配药物
□	□	勾引变态者约会
□	□	往头上套塑料袋
□	□	从屋顶或者窗口跳下去
□	□	长时间在海里游泳
□	□	沉入本地的沼泽
□	□	尝试著名的胡迪尼逃脱术
□	□	在滑路上骑摩托疾驶
□	□	其他——请列出：

______

______

______

我的选择是徒步走入撒哈拉大沙漠。

我去过那儿，琢磨那儿是个完美的死亡之地。

假如不考虑那些秃鹫
和蝎子的话，我想。

还有，我不太知道
在那里死后
会发生什么。

但这些只是黑洞里的

念头，来自底部的底部

的底部……

我希望强大起来，
想办法自己扛起抑郁症。

我尝试……

通灵

冥想，包括呼吸和吟咏。

草药治疗

瑜伽

拳击
HEAVY
BAG

规定饮食

针灸

回归疗法

推拿

对着枕垫
拳打脚踢

生物反馈
疗法

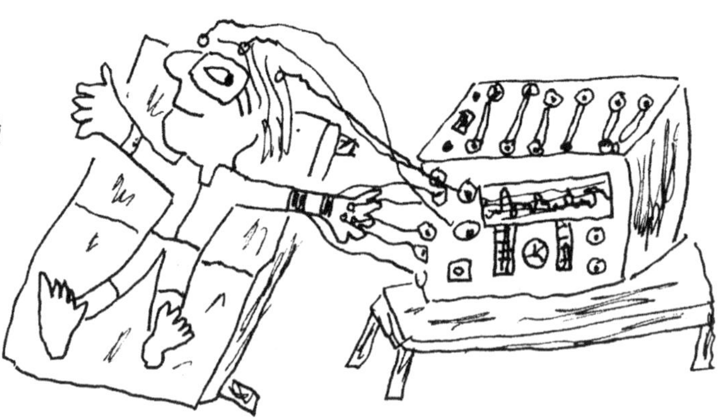

小组治疗

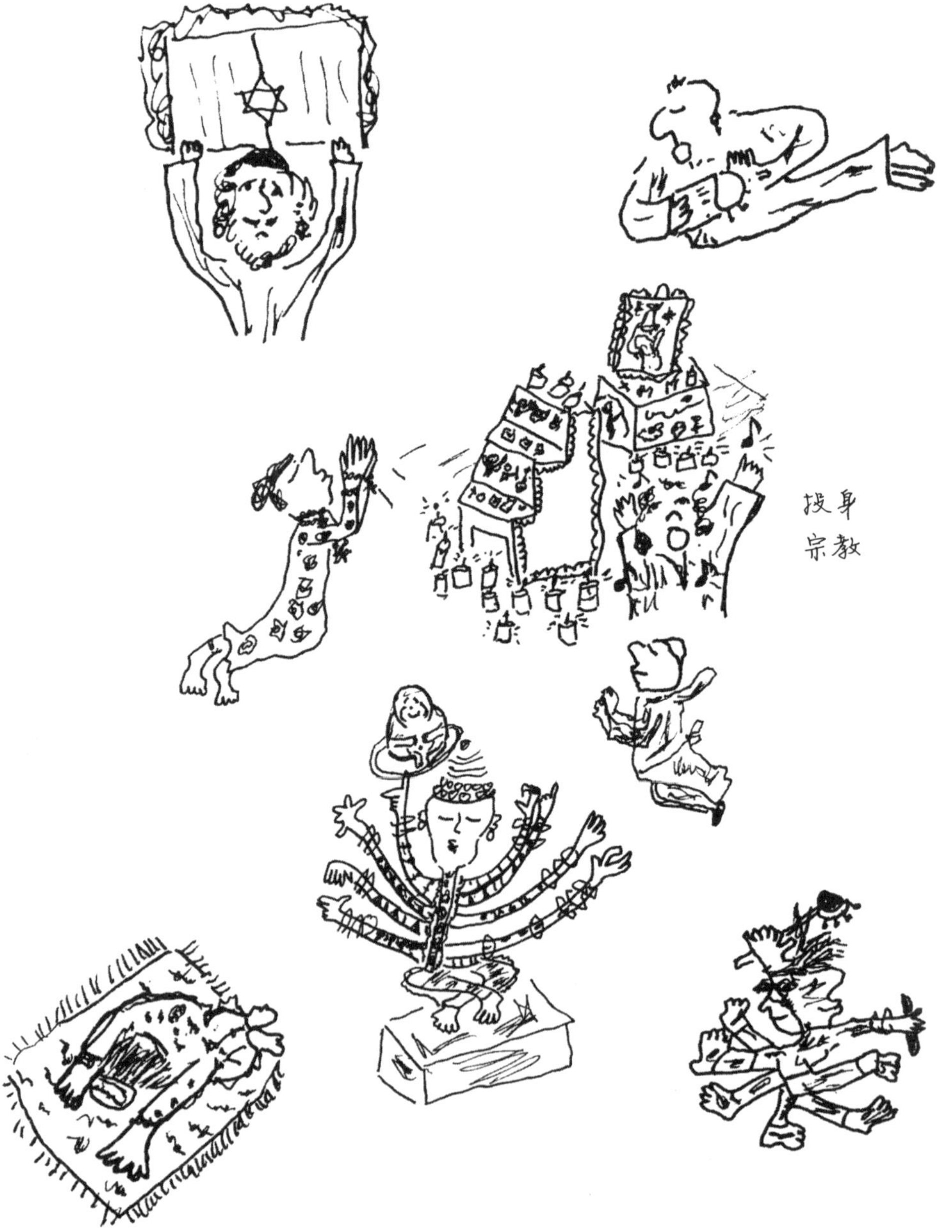
投身
宗教

当然，它们的作用不尽相同，有些人感兴趣，
有些人不感兴趣。

以下是我个人的一些建议：

听一盘西藏喇嘛
诵经的 CD

或者是保加利亚山区女子
合唱团的歌声

雷鬼音乐
能舒缓你的灵魂

埃拉·菲茨杰拉德的
爵士演唱也一样

或者随着手风琴奏出的慢
板探戈
呼吸

有时我也尝试运动。

或至少从一个房间走到另一个。

写下思想和感受，
无论多么琐碎混乱。

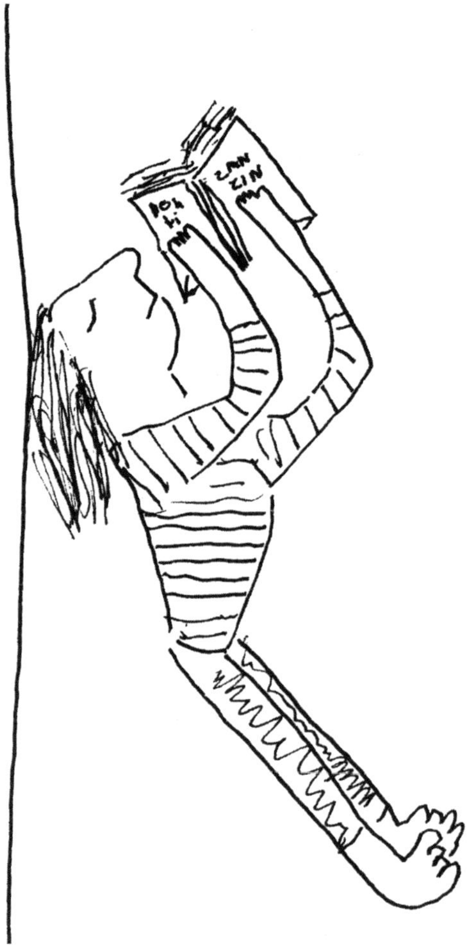

读一些诗（大多数诗人都是抑郁症患者）。

看动物节目、烹调节目和纪实性
的犯罪节目度过长夜。

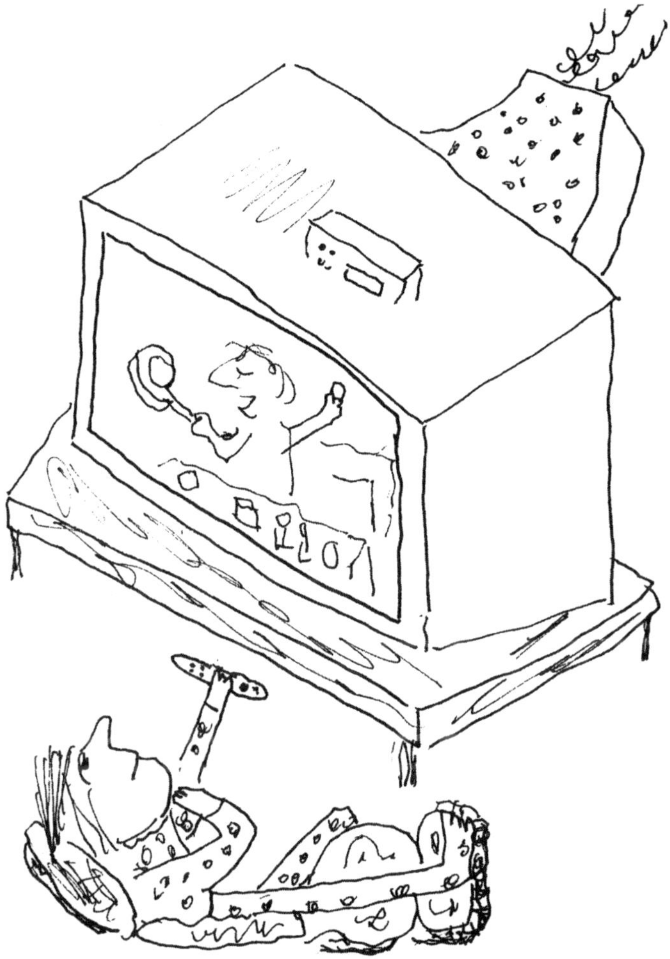

在互联网上搜索“抑郁症”……

又或许你更喜欢看“侨居故国的科学家关于人脑试验的秘密成果”。

大哭。

让一小块巧克力在舌上慢慢溶化。

一宿好觉大有帮助。

幻想移居不同的国度，
改变信仰，或大规模整形手术……

然而最后，你知道他们会怎么说——

无论你到哪里，结果都一样。

临到最后，

我们几乎所有人

都不得不接受专业的帮助。

经过数年抗争，

我接受了。

在找到一个能够信任的医生之前，
我得"货比三家"。

我遇见了一个坐在一把棕色椅子上的医生。

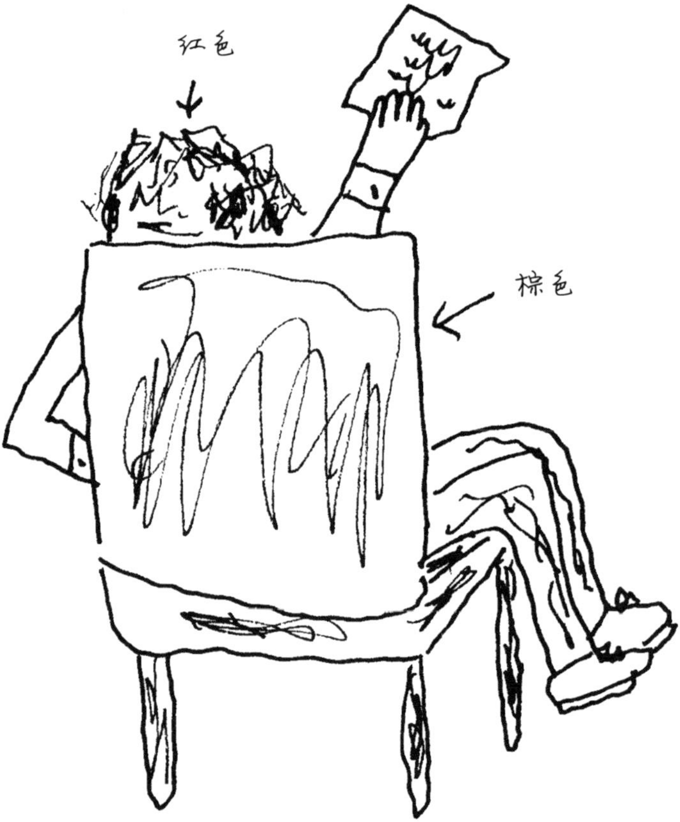

他有一头红发，
我也是。
那是一个开始。

我们讨论到严重的抑郁症通常都源于遗传。

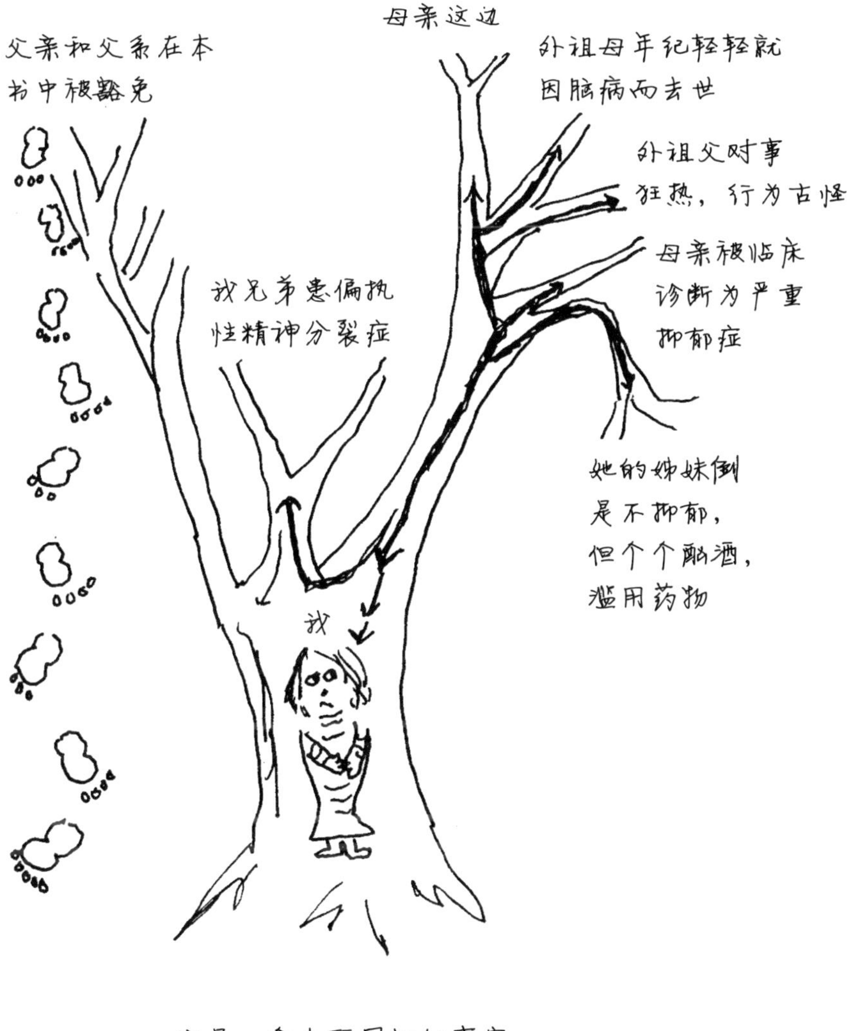

这是一个众所周知的事实，
母亲会遗传给女儿，呃……

医生说，我的问题有一部分
是化学性的。

他问我是否愿意尝试一些才刚问世的
最新药品。

于是我开始了一系列的药物治疗。

你也看见过那些广告。

那么多的新药，它们都是干什么用的？

人脑中被称作神经递质或神经调节质的化学物质，
激活脑内受情绪控制（或不受控制）的部分。
最有名的比如：
去甲肾上腺素，多巴胺和血清素。
一旦缺少其中一种，
人就会得抑郁症。
抗抑郁药能协助人体
制造出更多的神经递质，
人脑就自然而然地兴奋
并运转起来。

臆想肾上腺素，
臆想肥胖症。（还是算了……）

这块空间留给执业
医生们来批改我的
伪化学讲座。

药物帮了很多人，

但不是在所有的时间，

对所有人都有用。

有时候也有副作用。

警示：这种抗抑郁药可能导致晕眩、呕吐、疼痛和自我怀疑。产生一种对黑麦面包的渴望，想和爱人吵架，甚至巴望南美革命军入侵。感觉有些愚蠢的蠕虫在喉咙口踢英式足球。看不到蓝这种颜色。对股市错误点评。舌头上似乎有一层芝士，眼前出现洋蓟、芜青甘蓝和磨碎的鹰嘴豆等幻觉。对领带或衬衫的品位变坏。有一种和清洁工探讨内心愿望的渴求。牙齿上挂下钟乳石或石笋（我不记得是哪一种）。想成为DJ的念头压倒一切。幻想自己曾经去过的地方忽然起火。突然掌握一种射箭的技术。讨厌的花在周围发芽生长。胸口干涸，一种令人惊恐的窒息感袭来。发出啸声，但只有狼群回应。金鱼肥胖，真菌繁殖。笑脸跌落，声称自己是美洲原住民，但其实并不是。死亡来临……

换言之，也就是说：

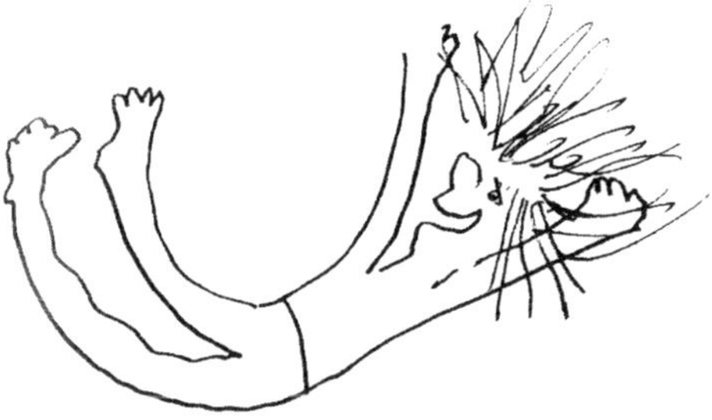

它们可能会使你言辞尖刻，过分挑剔。

它们可能会使你亢奋……

或者紧张……

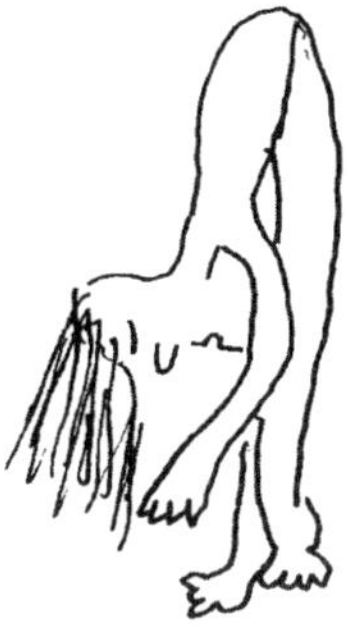

或者嗜睡……

或者肠胃不适。

在一次合作中，
我击倒了
一个鼓手，
因为他的鼓敲得
太响。

（他确实是有意挑衅，但我也还是太……）

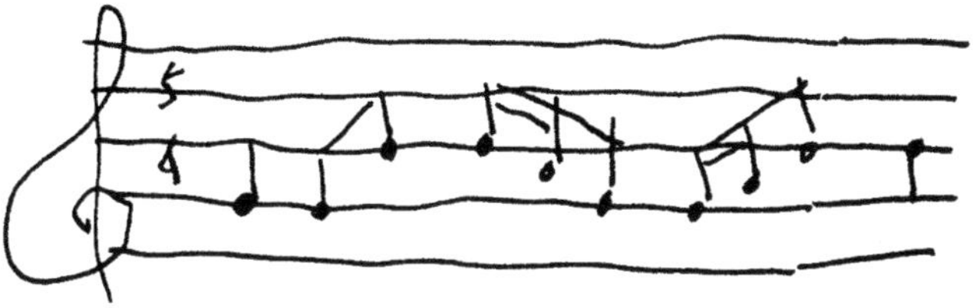

每个场合每个人，都在说着“百忧解”；

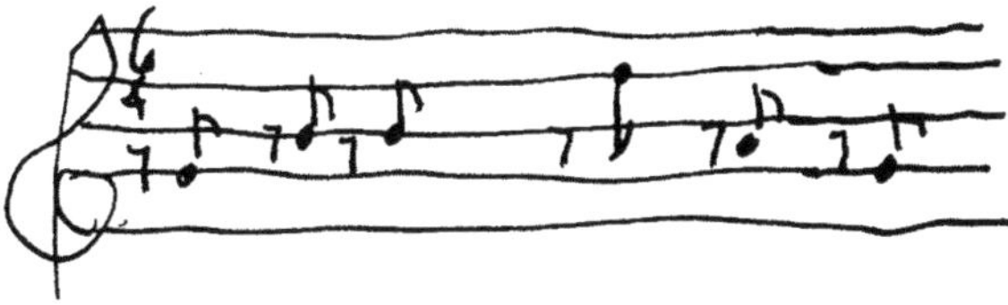

无论白天或晚上，晚上或白天；

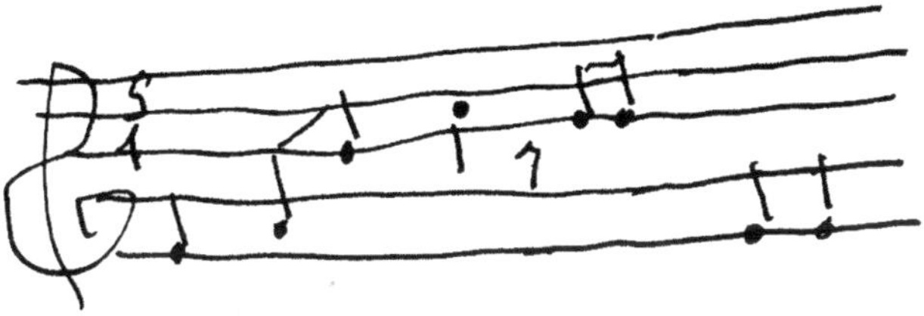

这渐渐变成音乐喜剧里的

一支歌。

您的对讲机坏了，
女士我不是在开玩笑。
这是我要告诉您的一个事实，
修好它！
修好它！
我要买下那条
GAP 裙子，
挑染我的头发，
还要让 RAP 音乐
在耳边响起。
如果感到孤独，
我就拿起手机，
手机，手机，
我亲爱的手机！
TAXI
你走进我的出租车，
就因为我是个阿拉
伯人？
我不会对你做同样
的事，
即便你是个犹太佬。
我！
我！
我！
我！
我！
2007
投我一票，
选我没错，
请不要拒绝我！

有时候，确实有些牌子的抗抑郁药
使我性欲冷淡。

不过我已经学会先把这事儿晾在一边。

差不多耗去了三年时间，
最终，我们找到了可行之法。

我找到一个很棒的临床治疗师，
她帮我学会如何去应对问题。

至少在短时间内，是有效的……

人体会有耐药性，
药物也可能变质（就像咖啡和牛奶），
你恐怕不得不去尝试另一种药。

而且，即使最好的药也不能阻止生活中的
事件发生。

抑郁症可能是个
一次性事件。

也可能会拖拉很长一段路。

无论哪种情况……

你都得学会和它较劲，

必要时还得藏着掖着。

如果你假装态度积极，
没准就会弄假成真。
谁知道呢？

每次你都挺过一点点。

尝尝番
茄酱

听一只傻鸟唧
唧喳喳地穿过
你的窗户

耐着性子
穿针引线

往身上浇
冷水

嗅嗅新面霜
（或新发胶）

谢谢邮递员送来
最新的商品目录

然后一页页地读

渐渐地，小小的行动变成中等程度的行动。

收听电话答录机

扔掉冰箱里的废物

关掉电视

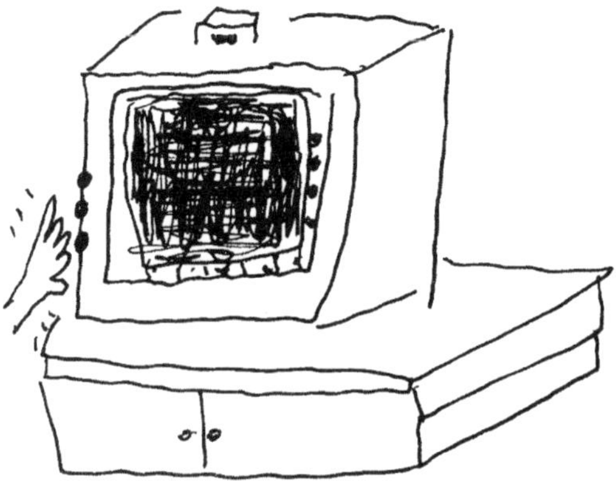

对着婴儿车里的宝宝做鬼脸

然后发展成更大的行动。

穿戴得
神采飞扬，
而且性感

和朋友一起
玩耍

挠挠狗
肚皮

吃一片难
以下咽的
比萨

随着街上扬
声器里的音
乐起舞

并试着去理
解你做这些
时的感受

阅读别人的抑郁症故事。

写下你自己的感受。

瞧，

就是这本书！

走出抑郁症是个大事件。

你赢下这一局。

重组破碎的部分。

聚集智慧
的珍宝。

招回你丢失
的魂儿。

或许还重新
设计了你的
外表。

多么了不起的胜利，当你走出这黑洞！

也许你已经学会，
用和以往稍微不同
的方式看待问题。

学会欣赏眼前的事物。

学会一点点
同情。

学会宽容他人
的小糊涂。

你再次变得有兴致与他人相处，
并且享受他们的陪伴。

重新感受生活。

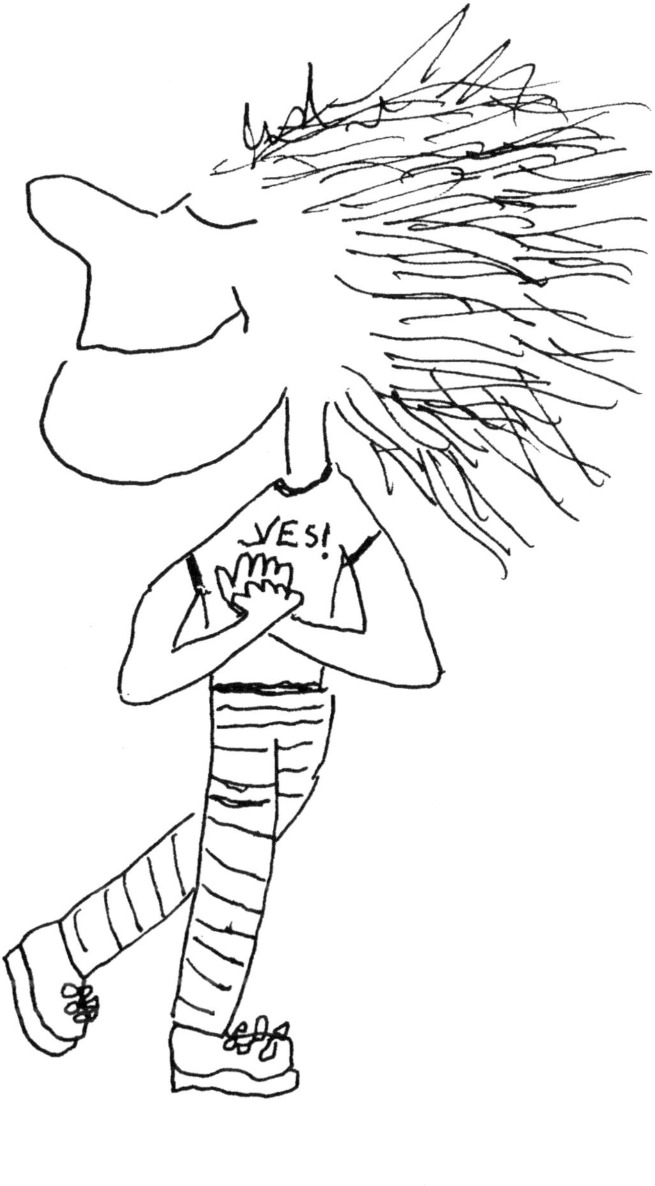

也许最终，你又学会爱你自己。

多么轻松！

生活，确实是一份珍贵的礼物。

那朵小云可能还会出现。

下一次你应该会更加强大。

记住，你走出来过一回……

你就还能再走出来。

完

图书在版编目(CIP)数据

我的抑郁症/(美)斯瓦多著;王安忆译.--2版.--海口:南海出版公司,2017.10
ISBN 978-7-5442-5778-7

Ⅰ.①我… Ⅱ.①斯…②王… Ⅲ.①随笔-作品集-美国-现代 Ⅳ.①I712.65

中国版本图书馆CIP数据核字(2017)第213366号

著作权合同登记号 图字:30-2011-015

我的抑郁症
〔美〕伊丽莎白·斯瓦多 著
王安忆 译

出　　版 南海出版公司 (0898)66568511
　　　　 海口市海秀中路51号星华大厦五楼 邮编 570206
发　　行 新经典发行有限公司
　　　　 电话(010)68423599 邮箱 editor@readinglife.com
经　　销 新华书店

责任编辑 翟明明
装帧设计 李照祥
内文制作 王春雪

印　　刷 北京中科印刷有限公司
开　　本 880毫米×1230毫米 1/32
印　　张 5.5
字　　数 100千
版　　次 2017年10月第2版
印　　次 2024年6月第21次印刷
书　　号 ISBN 978-7-5442-5778-7
定　　价 45.00元